그해 봄밤 덩굴 숲으로 갔다

지혜사랑 237

그해 봄밤 덩굴 숲으로 갔다

이순화

지혜

시인의 말

집을 한 채 지었다 산기슭에
그 집을 덩굴 숲이라 불렀다
그 안에서 나는 벌레가 되는 꿈을 꾸었다

2021년 봄밤
이순화

차례

2부 이 저녁 당신 안부를 묻네

3부 당신이라 부르고 싶은

4부 그리운 호랑이

• 일러두기
　한 연이 첫 번째 행에서 시작될 때는 > 로 표시합니다.

1부

흐르는 집

우리 춤춰요

쓸쓸하다는 말 대신에
사랑한다는 말 대신에
우리 춤춰요

그대를 멀리 두고 나는 여기서
스치는 바람과 춤춰요
떠도는 공기와 춤춰요

두 팔과 두 다리와 쓸쓸한 저녁과 춤춰요

찻잔과 연필과 식탁 위 시든
꽃잎과 나는 벌써 이렇게
취해 있는걸요
어둠이 발등을 두 무릎을 적시기 전에
또 하루가 저물어 서쪽
별들이 벼랑 끝으로 몰리기 전에
모든 추락하는 것에 손을 얹어
춤춰요

그대를 멀리 두고 나는 여기서
내 긴 머리칼과 하얀 두 손과
붉게 타오르는 저녁놀 굽이쳐 흐르는

산맥과
아득하게 떨어져 내리는 우주의
가난한 영혼과

사랑한다는 말 대신에
쓸쓸하다는 말 대신에
우리 춤춰요

평상이 있는 저녁

늦은 저녁
가을벌레 소리 몰려들어
마당에 너른 평상을 깔았네
속도 맑을 것 같은
무릎 아래 풀벌레들은
도르르 도르르
작은 개울물 소리로 울고
차고 명경한 물이 조약돌 쓸고 가는 소릴 내고
나는 서늘한 평상에 누워
가늘고 긴 물소리로 울고
물소리는 불어 불어나
더 낮고 널따란 평상을 깔고
나는 더 여린 풀벌레 소리로 울고
무릎 아래 벌레 소리와 개울물 흐르는 소리가
선득한 평상에 누워 있는 나를 이끌고
더 울음이 많고 길고 넓은 곳으로
흘러 흘러가고

괜찮아요, 할머니

그 뭐 하세요 할머니
한밤중에 일어나 깨를 털고 계시네 톡톡

어둠 속 앞 못 보는 할머니
어둠을 털고 계시네 톡톡톡

보얀 어둠이 고물고물 떨어져 내리네 바닥에
꼬물꼬물 쌓여 사방 기어 다니네

굴뚝 옆에도 장독대에도
개밥그릇
내 발등에도 벌거지들이

만지지마라

괜찮아요, 할머니

종아리로 옮겨 붙는 벌레들

할머니 내 종아리를 치시네 톡톡 톡톡

귀 멀고 눈 먼 할머니 뒤꼍 어둠 속에서
내 뽀얀 종아리를 치시네

무슨 이별이 이리 선명할까

이별의 발자국이 선명하다

누가 다녀간 흔적일까
누가 보내온 기별일까
돌담 위에도
돌담 밑에도

발자국이 노랗다

당신 기별이듯
당신 흔적이듯
무슨 말이 저리 깊을까
무슨 노래가 이렇게 샛노랄까

노랗게 물든 발자국
따라가면 당신 소식 들을 수 있을까
비 내리는 언덕 넘어서면
당신 만날 수 있으려나
비는 내리고
기린초 붉은 발목을 적시며 비는 내리고

나는 백양나무 우거진 숲에 들어

당신 기별이듯
당신 노래이듯 노랗게 노랗게
저물어가고

갔으면 그냥 가지

꽃이 핀다는 것은 아직 할 말이 남아 있다는 것

작년 본 꽃이 피었다 못다 한 말

무슨 간절한 말이 남아 되돌아왔다는 것일까
그렇다면 어디까지 갔다가

안개 짙은 은하의 강은 건넜더냐,

억새밭 지나 가시넝쿨 하얀 새 보았더냐
갔으면 그냥 가지

작년 본 꽃이 피었다 못다 한 말

목련 지던 도서관 벤치에서 심야극장 불 꺼진
골목길에서 첫새벽 눈 내리는 플랫폼에서

바닷가에서 심중에 남아 있는 말

가다가 바람결에 부르는 소리 들었더냐
가다가가다가 무너져 내리는 노을 아래
바람 부는 길 위에 그 사람 눈물 보았더냐

>

꽃이 피는 것도 잠깐
갔으면 그냥 가지 무슨 할 말 남아 있어

가슴께 통점처럼

인형의 집*을 나와서

둥근 방을 버리고 집을 나왔다 안녕이라는 인사도 없이, 평화를 두고 송곳으로 두꺼운 살갗을 후벼파는 고통은 황홀했다 전생을 들여다보며 휘파람을 불었다 이 얼마나 여유로운가 손발이 저 맘대로 놀았다

둥근 방을 탈출해 뾰족한 새싹으로 살기로 한 씨앗의 불안한 후생은 또 얼마나 천진난만한가 버린다는 것은 고통을 감내한다는 것 나는 겁도 없이 손금을 버리고 맹목을 살기로 했다 갑각류의 단단한 외피를 찢어발기고 밖으로 흘러나오는 붉은 꽃잎, 피 철철 흘리는 고통은 얼마나 숭고한가

나는 고요한 방을 버리고 불온한 문밖을 살기로 했다

* 헨릭 입센의 희곡 『인형의 집』에서.

그믐

곰작거리다
눈 떠 보니
나를 지켜보고 있는
이렇게 큰 눈동자
내가 눈동자 속에 갇혀있다
책상 위 내 안경 내 볼펜
읽다만 통속소설, 소설 속 배신한 애인들도
행간에 부는 황량한 바람
옷걸이 내 시폰 원피스도 갇혀있다
신발장에 한쪽으로 기운 에나멜 분홍구두
멀리 산릉선
바람에 쓸리는 쓸쓸한 별자리까지
꼼짝없이 눈동자 속에 갇혀 내 꿈도 둥둥 떠내려가고 있
다
이렇게
이렇게 큰 눈동자

날들

　바닷가에 나갔다 마흔 당신을 봤지요 당신은 굽은 해안선 따라 아득히 멀어져갔구요 나는 보랏빛 저녁노을 아래 우두커니

　플랫폼 너머 서른 당신을 봤지요 꿈속처럼 가깝고 먼 당신 마지막 기차가 들어오고 묵호로 강릉으로 물새 보러간다는 당신 하얀 물새 따라 바람은 또 북쪽으로 자꾸만 내 어깨를 떠밀고

　나는 그해 바닷가 붉은 해당화를 보는 것인데 외로워서 외로워서 사랑한다는 당신 늦은 빗소리에 해당화 붉은 꽃잎 다 젖는데 빗소리에 복사뼈 여린 발목 다 젖는데
　외로워서 외로워서 사랑한다는 바다를 통째로 가슴에 들이고도 외로워서 사랑한다는

덜컹거리는 밤기차를 타고

밤기차를 타면 멀리 갔다 돌아오지 못한 내 마음이 보인다

동남아 쪽에서 흘러든 것인지 북에서 내려온 건지 묵호항

차가운 시멘트 바닥에 쪼그려 앉아 소주병 기울이고 있는 사람들 무서운 침묵이 보이고

들고양이 불안한 눈동자가 보인다

별이 우수수 쏟아져 내리는 먹빛 바다가 보이고 늙은 어부의 밭은기침 소리 밀어내고 있는 등대 불빛이 보인다

어둠이 목젖까지 차오르는 꼭두새벽

쿨럭쿨럭 뱃전을 부딪치고 있는 작은 목선이 보이고 화톳불 옆 등 굽은 노인과 손가락이 발갛게 언 그의 아내가 보인다

물빛도 어두워 길을 자주

잃는다는 뱃고동소리가 보이고 갯메꽃 시린

발목이 보인다 영동선 밤기차를 타고 묵호에 가면

보이는 것들이 보이지 않는 것들 속에 묻혀 일렁인다

비밀의 화원

　담을 넘어서는 장미가시에 찔려 아무도 모르게 가시를 깊이 더 깊이 밀어 넣었지 덩굴 숲 저쪽에서 당신은 또 한 그루 장미를 심어 가시를 키웠고 나는 들장미 우거진 이쪽에서 붉은 손톱을 감추고 배를 키웠어 아무도 모르게 붉은 손톱에 달이 뜨고 불룩한 배는 점점 부풀어 올라 속내를 내보였어 손목을 할퀴고 간 흉터 자국 우거진 흉터 속에 우린 붉은 장미를 감추고 서로 모르는 사이로 칭칭, 시침이 제각각으로 돌았어

　한 때 옹이진 시절은 그렇게 가시덩굴 숲으로 푸르렀고 풍문이 돌아 내 발목을 칭칭 감았지 배암이 지나간 자리는 함부로 밟는 게 아니었어 당신은 덩굴 숲 가시에 찔려 웃었고 나는 당신이 보낸 가시를 끌어안고 여울목처럼 울었지 오월 한낮 백태 낀 태양은 불길해, 한 아름 장미를 당신에게 보냈고 당신의 두 손은 퍼렇게 물들었고 소문은 달처럼 차고 뜨거웠지 나는 뒤뜰로 돌아가 노란 달 아래 헛구역질을 하며 한 덩이 붉은 장미로 물들었어 담 위를 오르는 우거진 독사처럼

한낮

저놈의 장닭
구구 정오를 건너가고 있는

엄마는 백일홍 꽃그늘 아래
젖은 신발을 묻고
그만 눈을 감거라,
그만 눈 감거라,

더 이상 꽃은 피지 않아
노래 부르며
뒤꼍으로 돌아가 묵은 빨래를 하고

만지지 마라, 물들라

저놈의 장닭 구구구 마당을 구르는 천둥소리
피 철철 흘리며 정오를 건너가고 있는

나는 꽃그늘 아래로 구물구물
저기 애벌레
벌레 꾸물꾸물

얘들아, 꽃그늘 아래는 들지마라

>

붉은 도끼를 든 아버지 두 손이 퍼렇게 물들어
백일홍 밑둥을

저놈의 장닭

마른 꽃대궁 타고 오르는, 거기

벌겋게 녹슨 대문 밀고 들어서는 쑥부쟁이 발밑에 떨고
있다 애야 조심 하거라

누렇게 눌러 붙은 딱정벌레 마른 꽃잎 헤집는 거기, 발등
에 풀썩 떨어져 날리는 날들

한나절 다가도록 새가 풀썩풀썩 운다 나는 박하향 화한
뒤꼍으로 돌아가 작년에 본 쑥부쟁이 꽃 본다 애야 조심 하
거라

벌레 한 마리 마른 꽃대궁 타고 오르는 거기, 거미줄에 걸
린 작년 꽃잎 휘청 꽃모가지 꺾일라

꽃나무 아래 구덩이 파고 허옇게 배 내보이는 묵은 날들
묻고 더 이상 꽃은 피지 않아 침을 세 번 뱉고 돌아서는 등
뒤에

새가 운다 붉은 새가 철컥철컥
녹슨 철문 위에 올라 운다

흐르는 집

내가 없는 사이

달빛이 마당에 두레상을 폈다

그,

주인도 없는 집에 뭐 하는 거요!

낯을 붉히고 큰소리를 냈다

별이 지고 별은 지고

누가 나를 여기다 가뒀을까

나는 독 안에 든 이, 같다

나는 어둠이 차오르는 독 안에 든 이다

나는 깊고 캄캄한 독 안에 갇혔다

누가 나를 여기다 가뒀을까

가끔씩은 별이 떨어져 내리고

바람이 가만히 들숨 날숨을 쉬고

내 귀는 점점 예민해져

별들이 파르르 속눈썹을 떠는 소리

멀리 기울어져가는 옛집 감나무가

옴작옴작 발가락을 접었다 폈다하는 소리

>
   새들이 붉은 발목을 접고 동쪽으로 나는지 북쪽으로 나
는지

   눈을 감고도 다 내다보이는 여기는
   천 길 깊고 깊은 독 안

   텅,
   천개를 덮고 나는 독 안에 든 이

   누가 이 비좁고 눅눅한 여기다 나를 가뒀을까

널따란 오동잎 사이로 강물 흐르네

하늘이 새고 있네 졸졸
푸른 하늘이 오동잎 사이로 새고 있네 줄줄

마루 끝에 나앉아 하루해 다가도록 내다보고 있는 내 하늘이 널따란 나뭇잎 사이로 주룩주룩 새고 있네

저러다 저러다가
강물 이루겠네

비 젖은 새 한 마리 오동잎 사이를 건너가고 있네

강물 굽이치는 저기 누가 나서 천둥 같은 물소리 잠재울 수 없겠느냐

카론의 뱃사공아 노 저어라

노를 저어라

저 어린 새

암만해도 암만해도 내 어릴 적
태엽 감는 새

＞
　내 푸른 꿈을 훔쳐 달아난 새

　오늘 하늘이 오동잎 사이로 다 지고 말면
　나는 다시 그때로 돌아가
　다락방 조롱 속에 빛나는 쇠장대를 걸어둬야겠네

　내 푸른 하늘이 오동잎 사이로 지고 강물 흐르네
　강물 위를 날고 있는 작은 새

　내 어린 꿈을 다 들고 날아간 새

　내 하늘이 젖어 흐르네

몬순

상어 떼가 할퀴고 간 바다

생채기 낭자한 바다

늙은 어부의 아내가 상어 떼 지나간 자리를

넋 놓고 바라보고 있다

마파람 유난한 한낮

2부

이 저녁 당신 안부를 묻네

돌아보는 것들엔 물기가 배어난다

돌아보면 겹쳐지는 날들이 많다 덜컹거리는 경부선
기차간 흘러가는 낯선 얼굴들이 겹쳐지고
작년 핀 해당화 꽃잎에 올해 꽃잎이 그렇다 하늘을 붉게
물들이던
십 년 전 저녁노을이 오늘 저녁놀에 겹쳐지고
당신이 심어놓고 간 작약 꽃그늘이 올해 꽃그늘에 그렇다
당신 먼 길 떠나며 돌아보던 아득한 길이
지금 내가 걸어가고 있는 길 위로 겹쳐지며
당신 슬픈 눈빛이 내 눈동자에
겹쳐 어둔 내가
더 어두운 열 손가락 마디마디
당신을 겹치고 있다

함께 살아보겠습니까

아카시아 향기가 늪골 새로 스며들어 내 몸이 환하다

불 켜진 창 거기 잠시 쉬었다 가겠습니까 똑똑
문 두드리겠습니까

가던 길 멈추고 한번 돌아봐주시겠습니까
진늪골 향내 가득한 골짝마다 출렁출렁
봄빛 차오르고 가스레인지 찻물 끓어 넘치고

젖은 손수건 말리며 누구일까 창밖 내다보는 나른한 오후
당신 들어와 차 한잔 하고 가겠습니까

등짐 내리고 여기 머물러도 좋은 일 풍진세상 돌아앉아
나와 함께 살아보겠습니까
오굴오굴 크리스마스 알전구 같은 새끼 낳아 오래 살아보
겠습니까

여름

빛살 쨍쨍한 날
과수밭에 사과가
주렁주렁
하늘에 매달려
젖을 빨고 있다
볼이 터져라
허겁지겁
젖을 빨고 있다
꿀꺽꿀꺽
젖 넘어가는 소리

하늘은 저렇게 많은 젖을 달고 있다

햇살 퍼붓는 날
과수밭에 사과가
조롱조롱
젖무덤에 돌아앉아
젖을 핥고 있다
양 볼에 젖을 묻혀가며
허겁지겁 핥고 있다
지나가던 살쾡이도 두어 모금 핥아보고
노랑나비 오며가며 핥아보고

저릿저릿
젖줄 도는 소리
하늘은 저렇게 많은 새끼들 먹이고도 남을
큰 젖통을 달고 있다

하늘은 저렇게 많은 자식들 슬하에 두고 있다

꿈

노란빛을 찾아가다 노란빛 찾아가다
한적한 바닷가
돌담 옆에 떨어져 있는 별을 만났네

얘야 노란빛 보았니

노란빛을 찾아가다 잃어버린 노란빛 찾아가다 바람 부는
언덕에 사막여우 만나

어디서 노란빛 봤나요

개울을 건너다 노란빛 본 적 있나요

지나가는 바람에 하얗게 달려드는 파도에 볼을 적시는 빗
물에 쏟아지는 달빛에 노란빛 봤나요

나는 되돌아 그 바닷가로 나왔네

거기 돌담 옆 쪼그려 앉아 주먹 꼭 쥐고 있는 아이에게 얘
야,

그 손 펴보지 않을래

\>

거기,

쪼그만 손에 눈물 머금은 노란빛이 주루룩 쏟아져 내렸네

높새바람

출렁출렁 물결이 인다 출렁출렁
차오르는 물결에 좌측 늑골을 열고
출렁출렁 차오르는 물결에 우측 늑골 열고
오른쪽과 왼쪽 사이 차오르는
파랑 같은 날들
물결에 떠밀려 굽이치는 산맥과
큰 강과

먼 하늘 한쪽 귀퉁이 복사꽃 흩날리는 언덕과 계절이 지
나가는 길목과 막다른 골목 파란 대문의 역사가 흐르는 곳
젖은 신발 끌며 뒤꼍을 돌아 나오는 발자국 소리 흐르고

하루 또 하루 적막이 흐르고 파도 소리 옛집 하늘담을 넘
는
하얀 언덕에 복사꽃 날리는데 하얀 언덕에 복사꽃 지는
데 바람은 또
눅눅한 계절을 어디로 데려가는지

물결은 출렁출렁 차오르는데 옛집 복사꽃 훨훨 지는데

이 저녁 당신 안부를 묻네

스치는 바람에

아득한 당신 안부를 묻네

노을 내리는 가을 강을 건너

억새 우거진 여름 들판 지나

계절이 지나는 산맥을 넘어

불어오는 바람에

당신 저녁 안부를 묻네

이 바람은 당신 집 앞을 지나온 바람

이 바람은 당신 뒤꼍을 둘러온 바람

이 바람은 당신 영혼과

가문비나무 숲을 건너온 바람이려니

>
차마 불어오는 바람에

아득한 당신 저녁 안부를 묻네

어린 아이와 햇살과 구순 노모

1

이른아침어린아이엉금엉금기어나와
진청색커튼새로스며든햇살거머쥐려손뻗고있다
여린햇살이아이손가락을빠져나가하르르
손등으로올라앉는다아이가
손등에올라앉은햇살잡으려왼손을뻗는다
수백수천마리나비가금가루뿌리며하늘하늘
콧등으로이마로
젖살오른엉덩이로올라앉아아이를어른다아이와햇살이
꺄르르꺄르르
잡았다놓쳤다잡았다놓쳤다

고요한우주한복판이왁자그르르하다

2

진청색 커튼 새로 스며든 햇살 잡으려 구순 노모가 손을
뻗는다 하르르
은가루 뿌리며 날아오르는 나비떼 나이 든 노모가
나비 잡으려 가만가만 손 내민다
하늘하늘 인편 날리며 날아오르는 나비떼
눈 어두운 노모가 하늘거리는 나비 잡으려 손 내민다 눈

앞에서 잡힐 듯 잡힐 듯 노모의 손가락 사이를
　나풀나풀, 그렇다면 아주 멀리 먼 데로나 가버리지
　눈 어두운 구순 주위를 맴돌며 희롱하려 드는 부전나비떼
노모와 나비가 풀썩풀썩

　이른 봄 적막한 우주 한쪽 귀퉁이가 시끌시끌하다

멸치

새야 바닷새야
반짝거리는 은빛 날개 잘방거리며
우리 언제 만난 적 있었더냐

북회귀선 그 어디 해안을 유영하다 벼랑 끝
노랗게 물들이던 제비꽃 보았더냐

키 작은 나무들은 또 작은 나무들끼리 안부 묻는
바람 많은 언덕에 기대 졸고 있는 민들레 만났더냐

무너져 내리는 노을 해저를 건너가다
물결무늬 일어나는 은빛 날갯소리 들었더냐

잘방잘방 보름달 떠오른 저녁 파도를 들쳐 메고 후리질하
던 늙은 광부의 노랫소리 아직도 기운차더냐

어부들 노랫소리는 아득하고 일렁거리는 달빛 아래 우리
언제 만난 적 있었더냐 작은 새야

4월의 노래

목련 꽃가지 푸른 정맥이 돋고 자박자박
물길 드는 소리

　나는 어서 젖은 자리 털고 일어나 가야한다 새벽길 풀잎
들은 저마다 이슬 맺혀 조등 내거는데 붉은 발목 적시는데
나는 저 목련배 타고 먼 길 떠나야 한다 4월이 다 가기 전에
안개 자욱한 강 건너야 한다 안갯속을 미끄러져 가다 보면
누군가 부르는 소리 있겠지만 나는 귀가 없어 듣지 못하고
눈이 없어 돌아보지 못하고 적막 속에 망각의 강 건너야 한
다 풀잎들은 저마다 이슬 맺혀 불 밝히는데 나는 신발도 없
이 하얀 목련배 타고 어딘지도 모르는 먼 길 흘러흘러 가야
한다

알래스까 알래스까

알래스까알래스까하면

입안가득살얼음깨무는소리들린다네

입속이알알한

봄무깨물듯입안이알싸한

바람이늦가을가랑잎쓸고가듯선듯한

알래스까알래스까살얼음속으로들어가귀기울여보네

태아처럼잔뜩웅크리고귀기울여보네

알래스까알래스까입안가득알알하게차오르는아래스까

나, 알래스까에한사나흘쯤묵어도좋겠네

사막에 달, 바람은 울고

여보게
여긴 사막인데
여보게
여긴 사막이라네
북풍 불어와
여보게
여긴 사막
회전초 굴러와 여긴 사막인데
모래바람 불어와 여긴 사막이라네
거물거물 땅거미 몰려와 어둠 찾아와 찢어발긴 햇살 유령
처럼 나타나
사막사막
여보세요, 여보세요 우리 언제 만난 적 있던가요
여긴 사막입니다
아직 뗏장도 마르지 않은
봉분 둥두렷한
바람의 집
젊은 여자 혼자 사는

쥐 이야기

거기 뭐 하세요 불도 없이
애야 슬픔이 목구멍까지 차오르는구나

그러면 슬픔을 두고 그냥 빠져나오세요 애야
슬픔이 너무 단단해 머리에 쥐가 나는구나

머리에 쥐가 들어 울고 있구나 베개 좀 낮춰 보세요 쥐가
빠져나올 수 있도록

꿈을 꾸었단다 생쥐 들어
희끄무레한 슬픔 물어 나르는

돌덩이처럼 단단한 슬픔
하얀 쥐가 자꾸만 내 슬픔 갉아 먹는

슬픔이 점점 커지는, 그건 꿈이 아니라니까요 들창문을
닫아두는 게 아니었어요 시원하게 울어보세요

슬픔이 흘러나오도록 그렇다고 쥐를 오래 가둬 둘 수는
없잖아요 더 이상 슬픔이 빠져나오지 못하도록 덧문은 활
짝 열어놓고요

하이 파이브

빗방울이

탁,

손바닥을 치고 가네

오동나무 높이 펼쳐 든 푸른 손바닥을

명쾌하게

탁,

열 손가락 마디마디 실핏줄까지

탁,

군말 없는

빈손

빈집

처서 지나

이른 아침

장독대

말간 햇살을 울새가 내려앉아

조촘조촘 쪼아 먹고 있다

누가 왔다 갔나

누가 좁쌀이라도 한 주먹 놓고 갔나

참새

처마 밑에

새 한 마리

툭,

허공이 놓쳐버린 우물

3부

당신이라 부르고 싶은

당신이라 부르고 싶은

파도치는 하늘 갈맷빛 호청 훌훌 걷어다
이불 한 채 지어볼까

하얗게 터지는 물거품 아름아름 안아다
넉넉히 이불솜 넣고

공중에 홍조의 백조 흉내 내
한두 마리 수놓아

당신 올 리 없지마는
해당화 붉은 꽃잎 몇 땀 띄워도 보고

겨울이 와서
모진 겨울이 와서
산만한 너울 방파제를 넘어도
파도 소리 밤낮없이 지붕을 덮어도

하늘에 백조자리 홰를 치고
겨울 바닷가 해당화 붉게 물들면

바람이듯
눈물이듯

당신 찾아와

소금기 묻어나는
새 이불 활활 펼쳐 보이면

나 알아볼까
나인 줄 알까

하늘 귀

갸우뚱
       기운
동쪽 하늘
       누가 저기 귀 한쪽을 매달아 놓았나
세상은 고요하고
       적요로운 새벽
가만가만
       거실을 가로질러 가만가만 변기 물 내리고

     가 만 가 만
다시
이불 속으로

쉿,

아직은 해가 뜨기 전 하늘에 귀 한쪽이 걸려 곰작곰작
우주의 동태 살피고 있으니

삼동

비가 내리네 하루해 다 가도록 비 내리네 저 빗줄기 끊어다 물국수 해 먹을까 입 안 칼칼 도는 비빔국수 해 먹을까 눈이 오네 온밤 내내 눈 오네 저 눈 뭉쳐다 납작납작 수제비 떠 넣을까 동글동글 경단 빚어 넣을까 하루해 빚져 하루 먹고 사는 동네 주룩주룩 비 내리네 내리는 국숫가락에 참기름 냄새가 솔솔 나네 절절 끓는 무쇠솥에 맑고 고운 경단이 둥둥 떠다니네 비야 내려라, 눈아 퍼 부어라, 마루 끝에 나앉아 그동안 빚진 이들 손꼽아보네 희순이 미자 종진 경숙이 바람과 햇살 양지꽃과 쑥부쟁이 집 앞 느티그늘 어두운 밤 밝혀주던 달빛, 고갯마루 앉을자리 내주던 참나무 거루터기……

천둥밭에 구르던 천둥비야, 떡대밭에 누워자던 떡대눈아, 내려라 퍼부어라 이 한밤 다가도록

미끄러져 내리고 있다

아직 초저녁별도 뜨지 않았는데 미끄러져 내리고 있다

수면 속으로

졸음은 눈썹 끝에 귀신처럼 달라붙고

저 귀신 누구 좀 쫓아 줬으면

속눈썹 덮어쓰고 나 아닌 척 도리질 쳐보지만 귀신 눈을
어찌 속여

꼼짝없이 귀신 손에 끌려 수면 속으로 미끄러져 내리고
있다 푸른 꿈은 저 멀리 파도와 줄넘기 하고 내가 귀신 손에
벗어난 것인지 귀신이 내 손 놓친 건지 해수면 잔물결이 우
릴 갈라놓은 건지

적막한 바닷가 버려진 나를 누군가 들여다보고 있다

저,
붉은 저녁

늦은 가을 저녁의 슬픈 눈동자

창밖에

누가 울고 있나보다

계절은 대책없이 밀리고 밀려

거리에 나뭇잎 흩날리고

머리맡 귀뚜라미 시린 발목이 애달파

이 저녁 누가 울고 있나보다

어둠 내리는 거리

낙엽 쌓이는 거리를

혼자 걷는 한 사람의 영혼은

이미

젖어 젖어서 강물 되어 흐르고

\>

하염없이 젖어 흐르는 가을 저녁

깊은 골짜기 태산목 언 발목이 서러워

이 저녁 누가

홀로 나와 울고 있나보다

어두워 오기 전에

저녁이 와서 어둠 부리기 전에
가자

먼 길 가는 고단한 바람과
멀리 산릉선 아직은 어린 솜털구름과
굽이굽이 새떼 앞세우고
가자 어서

우우 깊은 울음 우는 강물아 들판에 양떼야
언덕 넘어 누렁개야 둥그런 건초더미야
어서 가자

서산 붉은 노을에 발 씻고
조금 남은 잔광에 젖은 신발 말려
어둠이 날개 펴들기 전에
가자 어서

내 안에 여리고 여린 것들아

슬픔

당신은 누구십니까
바람도 없는데 샐비어 꽃무늬
커튼 흔드는 당신은 누구십니까
바람도 없는데 뒤란 감나무 푸른 잎새
흔들어 보이는 당신은 누구십니까
산그늘 내리고
관목 숲 사이를 마악 빠져나가는
당신은 누구십니까
바람도 없는데
저녁 해 유난히 붉게 타오르는 당신은 누구십니까
독 같은 어둠 내리고 바람도 없는데
바람도 없는데
서늘한 늑골 사이 굽이쳐 흐르는 당신은 누구십니까
천개를 덮고 누운 어둠 속
가슴께 통점처럼 아픈 당신은
당신은 누구십니까

그리움

새 한 마리 날아간다 누가 던진 돌팔매일까

유월도 저문 단풍나무 숲을 헤치고

빛나는 창공 가르며

가물가물 날아가는

가뭇없는 마음 하나

오래전

팔베개 하고

바라보던

눈물 자국 같은

당신 어두운 방에 수초처럼 흔들리겠습니까

잠을 너무 오래 잤나보다 이제 그만 수면 밖으로 나오시
겠습니까 그렇게 익사 직전 물고기처럼 뻐끔뻐끔 어두운
방에 수초처럼 흔들리겠습니까

잠을 너무 오래 잤나보다 바다가 창밖에 와 걸리는 날이
많다 길 아닌 길이 하늘 깊이 길을 내 우렁우렁 물결이 인다
바람이 종려나무 머릴 풀어헤치고 저녁 일기 예보처럼 파
도가 우우 몰려오고 혼자 가는 길이 어두워 올려다보는 하
늘가 화상자국처럼 그리운 사람이 해안선 따라 느린 걸음
하는 곳 차마 잊지 못한 옛사람 두고 수초에 떠밀려 혼자 흘
러 흘러가겠습니까

비가 내리면

창밖에 가을비 내리고 애인을 생각하는 날은 지구본이
가깝게 느껴져 생각까지 둥급니다

설거지를 하다말고 손톱을 다듬다말고 전화 걸려다말고
지구의를 끌어안고

비 내리는 강과 비 내리는 산맥과 비 내리는 대양 비 내리
는 거리와 비 내리는 영혼의 골짜기

살아 숨 쉬는 모든 곳에 뜨신 입김 불어넣으며 지구의를
알뜰히 닦고 또 닦아 내리는 이유는

내 눈동자가 지구를 담고 있기 때문 눈동자 속에 가끔 찬
비가 내려 젖은 발로
길 잃은 애인이 어디선가
생각이 어두워질까봐

계절

지평선이 열렸다 닫혔다 닫혔다 열렸다

누가 스위치를 올렸다 내렸다 내렸다 올렸다

누가 지평선에 올라서서 백열등 스위치를 올렸다 내렸다
내렸다 올렸다

뒤죽박죽으로 도는 계절 소용돌이치는 꽃잎

밑장을 빼기도 전에 별자리가 철컥철컥 바뀌고
시작과 끝이 맞물려 돌아가고 봄인 듯하다가

겨울이 지나가고 겨울인 듯하다
여름이 비 오듯 쏟아지고

들지도 않은 태아들이 흘러내리고
나는 내일이면 죽을 것이다

나의 의심은 빠르게 소진되어
이름도 가져보지 못하고

내일이면 죽을 것이다

\>

지평선이 열렸다 닫혔다
닫혔다 열렸다

어느 날 갑자기

가을이 발밑에
툭,
떨어졌다

거짓말처럼
툭,

긴 여름 오후
동시상영 극장 예고편 없이
탕,
총알 날아와 꽂히듯

변심한 애인이 전화 걸어
우리 바다 보러 갈래? 이런

미친 애인처럼

가을이 발밑에
툭,

환상통

그냥 나를 어디 내다 버렸으면 하는 친구 문자 받고 퉁퉁 불은 컵라면 먹는 아침 새가 운다

축축한 밤을 건너온 새가 운다 식은 라면국물 마시며 겨울 바다를 생각하는 것은 내 마음 아직 거기 있기 때문 두고 온 마음 가끔씩 생각나고 가끔씩은 그립고

바람 많은 그 바다, 밤을 건너온 새가 운다

너무 오래전 일이라 더 가까운 검은 바다 두고 온 여린 마음을 생각하는 것인데 마음아 아직도 무사한 것이냐 두고 온 게 아니라 그냥 버리고 온 것이라고 해안선 굽어 도는 적막한 바닷가 그 어디 버리고 온 것이라고

나를 버리고 환상통처럼 이른 아침 새가 운다

.

강으로 가는 길

오늘은 별이나 낚으러 강으로 나가봐야겠네

강으로 가는 길

복사꽃 날리면 당신인 줄 알고 꽃밭머리 주저앉아 붉은 꽃잎 바라보다가

앉은자리 반지꽃 보이면

당신 눈짓인 줄 알고 반지 만들어 끼어보고

먼 산 뻐꾹새 울면 당신 부르는 소린 줄 알고 넋 놓고 바라보다가

미끄러져 내리는 옛집 평상에 누워

뻐꾹새 소리 듣다가 복사꽃 날리는 나비를 보다

해도 설핏 기울어 뻐꾹새 소리 잦아들면

금빛 강으로 나가 별이나 낚아야겠네

뜰채 가득 펄떡펄떡 별이, 내 영혼 속에 푸른 별이 가득

그러다 보면 정신없이 계절이 돌아

한 오십 년 계절이 돌아 또 한 바퀴 꿈결처럼

계절이 돌아

초저녁별이 뜨면 당신이라 짐작하고

곁에 작은 별 하나 놓아두겠네

산거미 내리는 저녁

오래된 일기장을 들추자 툭, 비명처럼
발등에 떨어져 내리는 시꺼먼 고딕체 죽은 걸까

산거미 부스스 깨어나
달아나고 있네 저기 새까만 글씨들이
쪼르르 달아나고 있네

내가 쓴 일기장 글씨들이 달아나고 있네 오래전 두고 온
토끼인형을 들고 단발머리 플라스틱 꽃핀을 들고 감나무
아래 누렁이 네로를 들고 막다른 골목길 엄마가 부르는 소
리, 달려 나가는 내 눈물을 들고

거기 거미줄 치고 얼마나 있었던 거야, 오래된 일기장을
들추자 툭 발등에 떨어져 내리는 산거미 파란 대문의 역사
덩굴 숲 말아 쥐고 어디까지 가겠다는 건지

조화옹

조물주는 어쩌자고

이 많은 초록을 여기다

쏟아붓을까

그러면 나는 또 이렇게 많은 초록을 어디다 갖다 쓰겠나

나는 목구멍까지 차오르는 이 맹목의 초록을

언제 다 퍼내겠나

4부

그리운 호랑이

그해 봄밤은 따뜻했었네

엄마가 잠든 사이 신열 앓고 있는 라일락나무 옆으로 가서 섰다

오톨도톨 좁쌀만 한 꽃잎에서 단내가 솔솔 난다

역병이다

이렇게 아픈 나무 곁에 오래 서 있으면 나무의 병이 내게로 옮겨올 것이다 그때처럼,

엄마가 열에 들뜬 어린 나를 어린 라일락나무 옆에 세워뒀다 아주 오랫동안,

봄밤이었다

엄마는 내 열이 어린 나무에게로 옮겨간다했다 4월 초입이었다 그해부터 봄이면 나무는 병을 앓았다

무른 나뭇가지에 좁쌀만 한 종기가 돋고 신열에 들뜬 4월이 느리게 느리게 흘러갔다

내 병이 결국 나무에게로 옮겨갔다

>

    열병이 온 동네를 떠돌던 무서운 해였다 라일락꽃가지에
울긋불긋 종기가 돋아 온데 번졌다 곧 병이 내게 옮겨 붙을
것이다

    이렇게 곁에 오래 서 있으면

바다를 옆에 두고

진청색 커튼을 달았다
옆에 누우면 바닷물 출렁거리고
눈 감으면 파도소리 들려온다
한가로이 바닷가에 누워 갈매기 쫓다가
아득한 수평선 너머 보다
우렁우렁 물결 일고 큰 너울 일어서면
태풍이라도 올라나, 모르는 척
파도소리 덮어쓰고
옥양목 파도 속으로 시린 발 밀어 넣으면
어느새 온기가 발끝으로 무릎으로
후끈 가슴께까지 달아올라
까무룩 잠들겠지
잠들면
꿈인 듯 꿈 아닌 듯
마음 두고 온
그 바닷가 막막한 바다 보고 있겠지
바다 보고 있으면
먹먹한 바다가 내 늑골 새로 졸졸 스며들어
바다가 줄줄 통째 들어앉아
바람도 없는데 영혼의 기슭 어디쯤
바닷물이 출렁출렁
눈구멍으로 알 수 없는 슬픔이 꾸역꾸역 차올라

나는 아닌데, 나는 아니라는데
눈물 왈칵 쏟아지겠지
그러다 한동안 잠잠해지겠지

새벽 세 시

잠을 잃고

마당에 나와 선

새벽

세 시

진구렁처럼 눈 뜨고 있는

거기 누구요?

움적움적

부석부석

거기,

어둠 속

거기 누구요?

저 바람에 목줄을 걸어라

창밖 시끄럽게 짖어대는 저 바람에 목줄 걸어라
잠 못 들어 뒤척이는 봄밤
미쳐 날뛰는 저 바람에 목줄을
창밖 저 광인에 재갈을 물려라
우리에 가둘 것 없이
청계산 절집이 보이는
물 맑은 계곡
굵은 나뭇가지 골라
밧줄 걸어 낄낄 대던 그때처럼
한 번만
한 번만 더 해보자
우리 청춘 푸르던 그때처럼
낄낄 눈물 나도록
손바닥 얼른 물집이나 돋아 터지도록
몽둥이 휘둘러보자

파랑

객지에서 비 내리네 객지에서 내리는 비는 멀리 갔다 돌아가는 길을 지우고 풍경을 지우고 천지에 고아처럼 비 내리네

막다른 골목 여관방 벽에 기대 빗소리를 듣는 것은 옛 풍경 속에 마음 떠밀려가고 있기 때문 흘러가는 풍경 속에 애인 생각 더 가깝기 때문 오래전 애인은 지금 어느 비 내리는 거리 헤매고 있는지

이층 여관방 벽에 기대 한 시절 애인에 더 가깝고 애인도 가끔씩 내 생각에 가까운지 비를 타고 슬픈 음악이 흐르네 당신 슬픈 눈동자,

눈동자 속에 비 내리네 하염없이 내 눈동자 속으로 옮겨 붙는 비, 비

적막

낮잠에서 깨어나 문밖을 내다보니 해가
점심나절 해가 집 앞을 지나가고 있다
온 마당 가득한 햇살
저리 찬란한 빛깔 있을까
저리 슬픈 빛깔 있을까
저렇게 영롱하고 안타까운 마음 있을까
해가 속절없이
붉은 해가 설핏,
굽이치는 굽이쳐 나가는 산모롱이 돌아설 때
나는 그만 주저앉아 울고 말았네
떼쓰는 아이처럼

내 키 큰 오동나무

뒤란 오동나무가
오목한 하늘을
둥실한 하늘을
광활한
텅
빈
먼 하늘을

떠받치고 있는

외롭고 쓸쓸한 오동나무를 나는 오늘 저녁
한가슴에
꼬옥

봄바람

연둣빛

산비탈을

고꾸라질 듯

꼬꾸라질 듯

미끄러져 내려오고 있는

저 아찔한 황홀감

11월의 안개

짙은 안개에서 양잿물 냄새가 난다 빨랫거리를 들고 강으로 나간 동생, 뿌연 안개를 헤치고 철썩철썩 빨래를 치대고 있을

강으로 나가는 길 안갯속을 더듬는 일은 당신 기별을 받는 것보다 즐겁고 위험한 일, 염색 공단 담장에 때 아닌 개나리 꽃 피어 내다보던 그때도 안개가 길을 자주 잃게 했다

어제가 종수아재 기일 아재는 방적공장 염색공이었다 새벽마다 안개 자욱한 길을 양잿물 진동하는 길을 오가며 허방에 발목까지 빠져 돌아오던 때가 꼭 새벽길이었다

강으로 가는 골목에 안개가 벽을 이루고 있다 양팔을 뻗어보지만 길이 안개에 덮여 보이지 않는다 아재는 담장 위철 지난 개나리꽃을 보고 빛깔이 동생 낯빛을 닮았다며 꽃잎 안색부터 살폈다

양잿물 냄새가 다가오고 있다 방적 공장 지나 폐수 흐르는 강가 어린 동생이 철썩철썩 묵은 빨래를 치대고 있다

짙은 안개가 강으로 양잿물 냄새를 울컥울컥 토해내고 있다 11월 다 저녁때

봄의 난산

그해 봄 그 많던 새들 더 이상 울지 않았고 아이들은 꽃잎
처럼 식은땀을 흘렸다 묘지처럼 고요한 거리를 둥둥 떠다
니는 거짓된 안개 거짓 숨결 거짓 사람들이 파란 대문을 닫
아걸고

청파를 써는 엄마 손은 해초처럼 불결했다 퍼렇게 물든
손으로 엄마는 내 머리 빗겨 주었고 무거운 가방 들려주었
고 더 이상 꽃은 없다며 꺼먼 꽃대궁 내밀었다

나는 꽃을 보지 않기로 했다 사람들은 다 어디로 갔을까
새들의 울음소리는 다 어디로 숨어들었을까 꽃들은 결국
난산을 거듭하였고 엄마는 더러운 손에 침을 뱉었다

나는 골방에 숨어들어 꽃잎처럼 식은땀을 흘렸다

달과 마취제

보름달이 떴다 아니다 돌덩이다

그렇다면 누가 저기 돌덩이 갖다 놓았겠나
아니다 누가 덜렁 갖다 놓은 게 아니라

떡하니 동굴 문 막아 놓은 거다

거기가 토끼굴인가 눈이 선한 노루굴인가 여우굴
그 무섭다하는 백여우굴 그도 아니면

바람굴 숫제 천둥굴인가

이것도 저것도 아니라하면 저렇게 큰 동굴 문 누가 막아
놓았겠나, 혹 무당이 들었나

둥둥 북소리 울리며 별점이라도 쳐 보겠다는 건가 천문을
읽겠다는 건가

그런데 돌덩이로 덜컥 문을 막아 놓은 것은 무슨 까닭인
가 저 빛은 무언가 요란하게 광채 뿜어내고 있는

요상하게 홀리듯 세상 안으로 흘려보내고 있는 광휘, 동

굴 속에 들어있는 게 마취제인가 무섭다 무섭다

커다란 돌덩이로 동굴 문 막아 놓은 것은 잘못한 것 같다
저 몽롱한 빛 세상으로 흘려들지 못하도록 막아 놓은 것은
아주 잘못한 것 같다

근심

　그녀가 꿈속을 다녀가고 근심하는 날이 많아졌습니다 초
대 받지 않은 이가 불쑥 꿈속에 나타나 꿈을 가로막고 방해
하는 일은 내게 알리는 또 다른 방식의 경고장 뭔가 간절한
말 있는 듯한데 아무 말 없이 불안한 침묵만 지키다 사라진
그녀 나는 나의 전적을 더듬어 허물을 들춰 봅니다 어린 여
자들 수다에 끼어들어 방조한 일, 문턱 넘는 햇살을 보고도
침묵한 일, 긴 해그림자 그냥 보낸 일, 달빛 속으로 무단 침
입한 일 등등 그녀가 꿈속까지 따라와 나를 방해하고 근심
하게 하는 까닭은 내가 크게 잘못한 일이 있는 듯, 한 호흡
간격 두고 꿈밖으로 나와 꿈속 일을 또 한 번 손가락, 발가
락을 젖혀보고 아홉 단춧구멍 들여다보고 아흔아홉 굽이
밤을 들춰보고 젖은 머리통을 달그락달그락 흔들어보고 가
문비나무 옅은 그늘이라도 놓친 게 없는지 비 맞은 수탉이
어디 산기슭에 기대 울고 있지 않은지

나의 덩굴 숲 나의 궁전

활짝 펼쳐 든 내 하늘이
별을 담았네

내 한아름 하늘이 팔딱팔딱 뛰는
별을

나는 내 한가슴 마당에 별이 앉을 자릴 비워두려 하네
우우 우는 바람의 길 터 주려하네

나의 덩굴 숲 나의 궁전

내 심장은 울퉁불퉁 뛰고
심장 소리는 출렁출렁 밖으로 넘치고

가만히 어둡고 눅눅한 눈동자 속에

가만히 하늘을 둘둘 말아 담고서

방에 들어서도

팔딱팔딱 별이 뛰고
펄떡펄떡 별이 뛰고

그리운 호랑이

우물 깊은 하늘 가장자리
우물 속엔 수시로 달이 빠지고
달을 건져 올린 저녁이면
순아 저녁 먹어라!
쩌렁쩌렁 울리던
하늘가
어디선가 여우 울음소리 들려올 것 같고
깊은 계곡 어디선 커다란 곰이 엿볼 것 같은
하늘가
밤새 내린 눈을 쌓아 어른들은 미끄럼틀 만들고
아이들은 동글동글 눈덩이 굴려 눈사람 만들던

아랫마을 뉘 집서 굿을 하는지 징 소리 무섭게 들려오던
그믐밤
먼 산 불빛 보았든가
산허리 어른거리는 푸르스름한 불빛, 어른들은 호랑이라
했다 우린 이불 속에
오굴오굴 숨어들어

그 먼 길 어떻게 찾아왔는지
도심 속 호랑이들
너무 많아 이젠 세 볼 수도 없는 푸르스름한 불빛들
내 눈 가득 찬 호랑이

49재

오월절집목탁소리가흔들바람도없는데텅빈마당산사꽃
가지가흔들그밑에패랭이분홍꽃이흔들마당가푸른파초가
흔들바람도없는데옹달샘물무늬가흔들바람도없는데담장
너머개단풍잎이흔들바람도없는데봄산나뭇가지크게흔들
　당신 거기?
　거기?
　사방허허로운
　오월한낮이흔들흔들

동지

댓돌 위

신발 한 켤레 가지런하고

으스름 달빛

방안에 들어 새우잠 든

노인 이마

한 번 더 짚어보고 간다

저렇게

위하는 사람 있다

자라나는 시, 흐르는 시

김지윤 문학평론가

자라나는 시, 흐르는 시

김지윤 문학평론가

1.

이 시집은 덩굴처럼 자라나는 이야기를 담고 있다. 덩굴은 다른 식물들과는 다른 방식으로 자란다. 하나의 덩굴에 다른 덩굴이 감기고 잎들은 서로 뒤엉켜 처음과 끝을 알아보기 어려운, 그런 성장이다. 어디까지 자라날 수 있을지, 뻗어가는 잎이 과연 어디까지 가게 될지 가늠할 수 없다. 이것은 이야기의 속성과 같다. 이순화의 『그해 봄밤 덩굴 숲으로 갔다』는 마치 덩굴같이 모여서 커지고 확산되고 열렬히 뻗어나가는 이야기를 들려준다.

이 시들의 힘은 따뜻한 '봄'이라는 근원을 가지고 있다. 겨울 내 마치 죽어가는 것처럼 내부에 웅크리고 깊이 묻혀 있던 것들이 깨어나고, 돋아나 자라고 생동하는 계절이기 때문이다. 제목에 있는 단어들인 '덩굴 숲', '봄', '밤'은 모두 무언가를 품어 키우는 것들이다. 숲은 덩굴들을 키우고, 봄은 새로 돋은 잎과 꽃들을 키우며 밤은 어둔 하늘 속에 꺼지지 않는 등불처럼 여린 빛을 비추는 별과 달들을 품고서 하루 일상의 끝에 잠든 생명들을 고요한 쉼 속에서 키워낸다. 「시인의 말」에서처럼, 봄밤, 덩굴 숲으로 가서 작은 벌레가 되어 사는 꿈이란 작은 생명이 되어 품 안에 깃들고 함께 자라나고 싶은 마음이다.

덩굴이 자라나려면 어딘가 기댈 곳이 필요하다. 덩굴은 무언가를 감고 자라나야 하는 것이기 때문이다. 이러한 성장은 관계맺음을 필요로 한다. 혼자 자라기 위해 자신만의 공간을 점유하는 것이 아니라 하나의 자리에서 둘의 존재가 얽히고 섞이는, 공간을 공유하며 깊어지는 관계인 것이다.

이 시집 2부의 제목인 '이 저녁 당신 안부를 묻네'처럼 시인은 세상의 모든 살아있는 목숨들의 안부를 조용히 묻는다. 존재들은 엉켜있는 덩굴들, 혹은 덩굴과 덩굴이 감겨있는 대상처럼, 서로 연결되고 겹쳐 있다. 그렇기에 한 명 한 명에게 전하는 안부는 이 세계의 안녕을 묻는 일과 같다. 이 바람은 오랜 시간 동안 흘러오며 지나온 곳들의 흔적을 모두 몸속에 품고 있다. 지금 나를 스치는 바람은 "노을 내리는 가을 강을 건너/ 억새 우거진 여름 들판 지나/ 계절이 지나는 산맥을 넘어/ 불어오는 바람"(「이 저녁 당신의 안부를 묻네」)이기 때문이다. 그렇기에 그 바람에게 당신의 안부를 물을 수도 있는 것이다.

이런 존재의 '겹침'은 심지어 시간적 단절조차 무화시키고 어떤 경계도 초월하며 일어난다.

돌아보면 겹쳐지는 날들이 많다 덜컹거리는 경부선
기차간 흘러가는 낯선 얼굴들이 겹쳐지고
작년 핀 해당화 꽃잎에 올해 꽃잎이 그렇다 하늘을 붉

게 물들이던

　　십년 전 저녁노을이 오늘 저녁놀에 겹쳐지고

　　당신이 심어놓고 간 작약 꽃그늘이 올해 꽃그늘에 그렇다

　　당신 먼 길 떠나며 돌아보던 아득한 길이

　　지금 내가 걸어가고 있는 길 위로 겹쳐지며

　　당신 슬픈 눈빛이 내 눈동자에

　　겹쳐 어둔 내가

　　더 어두운 열 손가락 마디마디

　　당신을 겹치고 있다

　　　—「돌아보는 것들엔 물기가 배어난다」 전문

　얼굴들엔 "낯선 얼굴들이 겹쳐지고", "작년에 핀 해당화 꽃잎에 올해 꽃잎이" 겹쳐진다. "십년 전 저녁노을이 오늘 저녁놀에 겹쳐지고/ 당신이 심어놓고 간 작약 꽃그늘이 올해 꽃그늘에" 겹치며 "당신 먼 길 떠나며 돌아보던 아득한 길"은 "지금 내가 걸어가고 있는 길 위로 겹쳐"지는 가운데 당신의 눈빛은 내 눈 위에 겹친다. 결국 '당신'과 '나'는 닮은 눈빛을 하게 된다.

　걸음은 만나게 되고 둘이 바라보는 세상도 접점을 갖는다. 이것은 밝음만이 아니라 어둠까지도 나누는 겹침이어서, 나는 어두워진 채 "더 어두운 열 손가락 마디마디 당신을 겹치고 있다."

　「돌아보는 것들엔 물기가 배어난다」는 제목처럼 이 시집에는 혼자 앞서 걷지 않고 뒤를 돌아 뒤쳐진 것들을 바라봐주는 마음을 애틋하게 그린다. "어둠이 발등을 두 무릎을 적시기 전에/ 또 하루가 저물어 서쪽/ 별들이 벼랑 끝으로

몰리기 전에/ 모든 추락하는 것에 손을 얹어/ 춤춰요"(「우리 춤춰요」)라고 시인은 쓴다.

기쁨이 아니라 슬픔의 힘으로 춤을 춘다는 말이 마음에 남는다. 하나의 생명이 탄생하는 일이 마치 하나의 우주가 탄생하는 것과 같다는 생태주의적 입장에서 바라보면 한 존재의 추락 역시 한 우주의 몰락과 같다. 맹자는 연민이 인仁의 씨앗이며, 인간성의 필수 요소라고 보았다.

왕양명은 『傳習錄』에서 "사람의 마음은 하늘의 연못이다. 마음의 본체는 갖추지 않은 바가 없는데 본래 하나의 하늘이다."라고 하며 모든 사물의 천리가 마음속에 있다고 인식했다. 그는 다른 존재의 고통을 보며 참지 못하는 사람의 마음은 그의 어짊과 그 다른 존재가 한 몸이 된 것이라고 하며, 이를 영명하고 밝은 덕이라는 뜻에서 명덕明德이라고 했다.

혼연하게 만물과 한 몸이 되면 그들의 소리가 들리고, 그들의 눈으로 바라보게 되고, 그들이 느끼는 것을 함께 느끼게 된다. 그렇게 되면 "모든 추락하는 것"들의 두려움과 고통은 나와 무관하지 않다. 우리는 모두 언젠가 '어두운 존재'가 되어 지워지게 될 것이고 각자에게 주어진 시간이 다 저물어버리고 나면 "서쪽 별들이 벼랑 끝으로 몰리"듯 절벽으로 향해 가게 되어 있다. 모든 이의 운명과 삶은 덩굴처럼 겹쳐 있고, 우리는 모두 어딘가에 매달려 이 신산한 삶을 버티며 살아가려고 애쓴다.

이 시인은 공감의 언어가 무엇인지 알고 있다. "적막한 바닷가 버려진 나를 누군가 들여다보고 있다"(「미끄러져 내리고 있다」)는 감각은 나와 객체를 분리하지 않는 데서

나온다.

시인은 "아득하게 떨어져 내리는 우주의/ 가난한 영혼과"(「우리 춤춰요」) 춤추려 하고 쓸쓸한 가을날 작은 울음소리에 귀 기울이며 "이 저녁 누가/ 홀로 나와 울고 있나보다"(「늦은 가을 저녁의 슬픈 눈동자」)라고 말한다.

그 작은 개별적 존재들은 모두 시인의 마음에 다가와서 겹쳐진다. 그리고 그들은 모두 "천개를 덮고 누운 어둠 속/ 가슴께 통점처럼 아픈 당신"(「슬픔」)이 된다.

2.

이 시집에서 가장 뚜렷하게 느껴지는 이미지는 물의 이미지다. 수많은 시어들이 '흐름'과 연관된다. 흐르는 물에서 물방울을 걸러낼 수는 없다. 흐르고 있는 물은 무수한 방울들과 물줄기들이 모이고 섞여 이루어진 것이며 그렇게 모여 흐르기 전에는 하늘이고, 구름이고, 비이며 눈이었으며, 누군가의 눈물이었던 것들이다.

단 하나의 물방울이라도 그것은 강물이 되고 바다가 될 수 있는 가능성을 가진 존재다. 「평상이 있는 저녁」에 그려지는 풍경은 이를 잘 보여준다.

늦은 저녁
가을벌레 소리 몰려들어
마당에 너른 평상을 깔았네
속도 맑을 것 같은

무릎 아래 풀벌레들은

도르르 도르르

작은 개울물 소리로 울고

차고 명경한 물이 조약돌 쓸고 가는 소릴 내고

나는 서늘한 평상에 누워

가늘고 긴 물소리로 울고

물소리는 불어 불어나

더 낮고 널따란 평상을 깔고

나는 더 여린 풀벌레 소리로 울고

무릎 아래 벌레 소리와 개울물 흐르는 소리가

선득한 평상에 누워 있는 나를 이끌고

더 울음이 많고 길고 넓은 곳으로

흘러 흘러가고

— 「평상이 있는 저녁」 전문

　주자는 『朱子語類』에서 천지는 만물을 낳는 마음을 가지고 있으며 "사람이 그것을 얻어 마침내 인간의 마음이 되고 사물은 그것을 얻어 마침내 사람의 마음이 된다. 초목금수도 이어서 마침내 초목금수의 마음이 된다. 단지 하나의 천지의 마음일 뿐이다"라고 했다. 주자는 이 '천지의 마음'을 인仁이라고 보았고 천지와 인간이 하나의 마음을 가지고 있어 "모두 관계하여 관통하여 갖추지 않는 곳이 없다"(『朱文公全』集 券67)고 했다. 인간의 마음이 만물의 마음과 같으며 천지의 마음도 인간의 마음과 같다는 것이다.

　이처럼 작은 것들이 모여서 "관계하여 관통"하며 결국 하나가 됨을 보여주는 이미지는 이 시집에서 자주 등장한다.

「평상이 있는 저녁」은 "가을벌레 소리 몰려들어" 마당에 평상을 까는 시적 화자로 시작해서 온 우주가 화음和音을 이루며 하나의 소리 속으로 흘러들어가는 장면을 잘 그려내고 있다.

풀벌레 소리는 작은 개울물 소리와 섞이고 "물소리는 불어 불어나" 결국 나의 소리와 뒤섞인다. 나는 어느 새 "가늘고 긴 물소리로 울고" 있다. 처음에는 마당과 분리되어 있던 시인의 평상은 점점 더 낮고 넓어지며 결국 '마당'과 일체가 된다. 점점 더 시인의 울음은 풀벌레 소리와 닮아간다.

주목되는 점은 점점 더 소리가 높아지는 것이 아니라 "더 여린 풀벌레 소리"로 운다는 것이다. 화음을 이루기 위해서는 자신의 소리를 높이기보다는 작고 낮고 여린 목소리가 되어 비어있는 소리의 틈새에 자신의 목소리를 조심스럽게 얹어 섞여 들어가야 한다. 결국 낮은 데서 울리는 "무릎 아래 벌레 소리와 개울물 흐르는 소리"는 시인을 이끌어 "더 울음이 많고 길고 넓은 곳으로/ 흘러 흘러가고" 시인의 울음은 결국 만물의 울음과 하나가 된다. 시는 그렇게 세상 속으로 스며들어가는 것이라고, 시인은 나직하게 말하는 듯하다.

만물의 마음이 하나라면, 개체의 고독도 치유될 수 있다. 시인에게 우주는 살아있으며 만물을 낳고 큰 품에 모든 생명을 품는 것이다. 이런 관점에서 만물은 서로 다른 층위를 갖지 않고 동등한 존재다. 앤서니 웨스턴이 말한 "중심의 다중화"와 같이 모든 만물에 중심을 부여하는 것이다. 하나하나의 개체들은 모두가 중심인 동시에 우주의 일부이다.

"혼자 걷는 한 사람의 영혼은/ 이미/ 젖어서 젖어서 강물 되어 흐르고/ 하염없이 젖어 흐르는 가을 저녁"(「늦은 가을 저녁의 슬픈 눈동자」) 속에서 시인은 누군가의 울음소리를 듣고 있다. 그 소리를 듣는 시인으로 인해 "혼자 걷는 한 사람의 영혼"은 더 이상 혼자가 아니게 된다. 이처럼 하나의 물방울은 다른 존재를 젖게 하며 스며들 수 있고 점점 불어나 강물이 되고, 바다가 되며 멈추지 않고 흐를 수 있다.

> 하늘이 새고 있네 졸졸
> 푸른 하늘이 오동잎 사이로 새고 있네 줄줄
>
> 마루 끝에 나앉아 하루해 다가도록 내다보고 있는 내 하늘이 널따란 나뭇잎 사이로 주룩주룩 새고 있네
>
> 저러다 저러다가
> 강물 이루겠네
> ― 「널따란 오동잎 사이로 강물 흐르네」 부분

이러한 '섞임'이 가능할 수 있는 것은 틈새가 있기 때문이다. 이 시집의 시적 주체들은 어떤 존재를 그릴 때, 다른 존재가 섞여 들어올 수 있도록 마치 개방된 문과 같은 틈새를 열어 놓으려 한다.

이 시집에서 흐르는 것은 물 뿐이 아니다. 하늘과 바람, 향기와 꿈, 빛은 모두 흐른다. 이것들에는 모두 '사이'가 있다는 공통점이 있다. "널따란 오동잎 사이"로 하늘은 흘러나오고 파란 대문 사이로 "발자국 소리 흐르고"(「높새바

람」), 바람도 "출렁출렁 차오르는 물결"처럼 분다. 나비는 "노모의 손가락 사이를 나풀나풀" 날아간다. 그렇게 시는 더 멀리, 더 길게 나아간다.

3.

이 시집의 많은 시들의 시간대는 밤이다. 보랏빛 저녁노을(「날들」)과 같은 어스름으로부터 시작되어 "천길 깊고 깊은 독안"(「별이 지고 별은 지고」)과 같은 한밤중의 시간까지, 옅고 짙은 어둠이 가득하다. 한밤 중 깨를 털고 있는 할머니가 서 있는 바닥에는 어둠이 기어 다니고 (「괜찮아요 할머니」), "별이 우수수 쏟아져 내리는 먹빛 바다"(「덜컹거리는 밤기차를 타고」)에도 어둠이 내린다. 심지어 그 어둠은 눈에도, 마음에도 스며들어 봐야할 것들을 보지 못하게 하고, 암흑과 같은 망각을 만든다.

앞이 보이지 않는 나는 마치 내 눈동자 속에 갇혀 있는 것처럼 느껴진다. "바람에 쓸리는 쓸쓸한 별자리까지/ 꼼짝없이 눈동자 속에 갇혀 내 꿈도 둥둥 떠내려가고 있"(「그믐」)는 사람은 세상을 바라보는 시야를 빼앗겨 어둠 속에 고립된다. 그러나 시적화자들은 자신을 가두는 방에서, 집에서, 어둠으로부터 계속 밖으로 나가려고 애쓴다.

사실 어둠 속에서 빛을 향해 나오려고 애쓰는 것은 모든 생명의 가장 최초의 욕망이다. 알을 깨고, 씨앗의 껍질을 깨고, 혹은 자궁 밖으로 힘겹게 나와 빛을 마주하는 것이 바로 생명의 탄생이기 때문이다. 죽음에서 삶으로, 어둠에서 빛으로 향하는 것이 이 시인이 추구하는 방향이다.

그것을 위해 "보이는 것들이 보이지 않는 것들 속에 묻혀 일렁"(「덜컹거리는 밤기차를 타고」)이는 것을 놓치지 않고, 암흑 속에서 건져내어 생명을 얻게 하려는 것이다.

물론 '눈동자 속에 갇혀 있는' 것처럼 느끼게 하는 두터운 어둠은 시야를 방해한다. 이 시 속에서 '빛'은 무언가로 인해 차단되거나 방해를 받곤 한다. "거물거물 땅거미 몰려와 어둠 찾아와 찢어발긴 햇살 유령처럼 나타나"(「사막에 달, 바람은 울고」)와 같은 시 구절에서 알 수 있듯 빛은 온전한 모습이 아니거나, 곧 사라진다. 「적막」에서 해는 "집 앞을 지나가고 있"는, 금방 사라질 것 같은 뒷모습으로 그려진다. 그래서 "저리 찬란한 빛깔 있을까/ 저리 슬픈 빛깔 있을까"라고 시인은 쓴다. 결국 "해가 속절없이/ 붉은 해가 설핏,/ 굽이치는 굽이쳐 나가는 산모퉁이 돌아설 때/ 나는 그만 주저앉아 울"게 되는 것이다.

그러나 어둠의 틈새가 없으면 부리로 깨서라도 바깥으로 나가려고 하는 알 속의 아기 새처럼 이 시의 시적화자들은 차단되고 사라진 빛을 찾아 헤매고 종국에는 빛이 흐를 수 있는 틈새를 만들어낸다.

「꿈」은 시인이 품고 있는 희망이 어떤 것인지 잘 보여주는 시다. "노란빛을 찾아가다 노란 빛 찾아가다" 결국 시인은 주먹을 꽉 쥐고 있는 아이를 만나 "애야, 그 손 펴보지 않을래"라고 말한다. 아이의 쭉 편 손바닥에서 "눈물 머금은 노란빛이 주루룩 쏟아져 내"리는 황홀한 시적 이미지는 생명이 부활하는 '봄'의 이미지로 치환된다. "향내 가득한 골짝마다 출렁출렁/ 봄빛 차오르"는 날을 함께 기다리기 위해 시인은 "어두운 손가락 마디마디마다/ 당신을 겹치고 있다."(「돌아보는 것들엔 물기가 배어난다」)

"먹먹한 바다가 내 늑골 새로 졸졸 스며들"듯, 살아있는 것들은 모두 섞이고 겹쳐지며 '목숨'이라는 공통점으로 서로 연결된다.

시 「여름」을 보자. "과수밭에 사과가/ 주렁주렁/ 하늘에 매달려 /젖을 빨고 있다/ 볼이 터져라/ 허겁지겁/ 젖을 빨고 있다/ 꿀꺽꿀꺽/ 젖 넘어가는 소리// 하늘은 저렇게 많은 젖을 달고 있다." 그런데 하늘이 젖을 주며 자라나게 하는 것은 사과뿐이 아니다. "지나가던 살쾡이도 두어 모금 핥아보고/ 노랑나비 오며가며 핥아보"는 것이다. 급기야는 이 하늘은 모든 생명체를 향해 "저릿저릿/ 젖줄 도는 소리"를 낸다. 시인은 "하늘은 저렇게 많은 자식들 슬하에 두고 있다"고 쓴다.

소로는 『월든』에서 "지구는 책장처럼 차곡차곡 층층으로 쌓여 주로 지질학자와 고고학자들의 연구대상이나 되는 단순한 죽은 역사의 파편이 아니라, '살아있는 시이며 꽃과 열매에 앞서 피어나는 나무의 잎과 같은 것이다"라고 했다. 지구는 살아있는 시이다. 그리고 그러한 지구를 담고 있는 시 역시 살아있다. 이 시집의 시들은 '살림'의 힘으로 죽음을 등지며 빛을 향해 덩굴을 뻗고 자라나서, 어둠에 잠겨 있는 그 어느 누구에게든 찾아가 조용히 말할 것만 같다. "그 손 펴보지 않을래"라고.

빛이 흐르기 위해서, 우리의 삶에는 늘 틈새가 필요하다. 이순화 시는 이제 어디로 다시 흘러갈 준비를 하고 있을까. 다음 시집을 기다린다.

이순화

이순화 시인은 경북 상주에서 태어나 2013년, 시 전문지 『애지』가을호에
「문득 잠에서 깨어나」등 10편의 시를 발표하면서 작품 활동을 시작했다.
시집으로『지나가지만 지나가지 않은 것들』이 있다.
이순화 시인의 두 번째 시집인『그해 봄밤 덩굴 숲으로 갔다』는 마치 덩굴
같이
모여서 커지고 확산되고 열렬히 뻗어나가는 이야기를 들려준다.

이메일 : 01198571093@hanmail.net

이순화 시집

그해 봄밤 덩굴 숲으로 갔다

발   행   2021년 4월 23일
지 은 이   이순화
펴 낸 이   반송림
편집디자인   김지호
펴 낸 곳   도서출판 지혜 • 계간시전문지 애지
기획위원   반경환 이형권
주   소   34624 대전광역시 동구 태전로 57, 2층 도서출판 지혜 (삼성동)
전   화   042-625-1140
팩   스   042-627-1140
전자우편   ejisarang@hanmail.net
애지카페   cafe.daum.net/ejiliterature

ISBN : 979-11-5728-441-2 03810
값 9,000원